पद्मश्री प्राण

मॉरिस हार्न, वर्ल्ड एन्सायक्लोपीडिया ऑफ कॉमिक्स के एडिटर ने कार्टूनिस्ट प्राण को 'वाल्ट डिज्नी ऑफ इंडिया' कहा है।

उनकी कॉमिक्स पीढ़ी दर पीढ़ी बढ़ते हुए नौजवानों की हमेशा साथी रही हैं। उन्होंने अपने कैरेक्टर्स 'चाचा चौधरी, साबू, श्रीमतीजी, पिंकी, बिल्लू, रमन' इत्यादि के मनोरंजन का भरपूर लुत्फ उठाया है। उनके 600 से ज्यादा टाइटल्स मार्केट में बिक रहे हैं और दर्जनों स्ट्रिप्स न्यूज पेपर्स में छप रहे हैं। चाचा चौधरी पर आधारित एक टी. वी. सीरियल के लगातार 600 एपिसोड तक एक प्रमुख चैनल पर दिखाए गए।

विश्व के कई देशों का भ्रमण कर चुके, प्राण को 'लिमका बुक ऑफ रिकॉर्ड्स' ने 'पीपुल ऑफ द ईयर अवार्ड' से सम्मानित किया है।

1983 में उनकी कॉमिक बुक- 'रमन, हम एक हैं' का विमोचन तत्कालीन प्रधानमंत्री श्रीमती इंदिरा गांधी ने किया।

प्रकाशक

आगे पढ़िए...
रहस्यमयी तरंगों ने जो खतरनाक इंसानी रूप लिया है, वह तुम्हारे जैसा है साबू।
यह मेरे ग्रह ज्यूपिटर से आया है। इसका नाम माकाबू है।
हां, मैं माकाबू हूं, ज्यूपिटर ग्रह का सेनापति।
रहस्यमयी तरंगों के रूप में मैं कई दिनों से इस शहर के पास मौजूद था, जानता था कि तुम यहां पहुंचोगे।

2

तुम यहां मुझसे रहस्यमयी ढंग से मिलने के लिए क्यों मौजूद थे?
ना माकाबू की नीयत अच्छी है और ना मकसद।
तेज दिमाग पाया है तुमने, जो मेरा मकसद भांप गए।
इसका एक ही मतलब है साबू...
इसका इनाम !! मौत मिलेगी !

4

मैं भी ज्यूपिटर ग्रह का वासी हूं।
हम दोनों की शक्तियां बराबर हैं।
आह!
ओह!
चाचा चौधरी के सामने निर्णायक लड़ाई शुरू हो गई थी...

इसी बीच चाचा चौधरी के घर पर...
हा-हा-हा, चाचा चौधरी घर पर नहीं है।
जो भी माल है, हमारे हवाले करो!
चाचा चौधरी के पीछे उनका घर लूटने का मजा ही कुछ और है।
चल निकाल।
तभी...
अरे, यह कुत्ता!
भौं

आई ई !!
आऊ !
हाथ काट लिया !
आऊ !
शाबाश राकेट !

पुलिस के आने तक ऐसे ही ठीक है।
पुलिस!! बचाओ!
आऊ! पुलिस को जल्दी बुलाओ, नहीं तो एम्बुलैंस बुलानी पड़ेगी।
बच गए! आऊ!
मैं अब कभी चोरी नहीं करूंगा। हिमालय पर तपस्या करूंगा।
राकेट! कब से तुम्हें ढूंढ रही हूं।
चाचा को ढूंढकर लाओ। खाने का समय हो गया है।

चाचा थे एक मुसीबत के सामने...
पता नहीं वह कहां हैं ?
फार्मूला नम्बर 401. साबू !
भड़ाक !
यह लो चाचाजी !
यह आपकी फरमाइश पर। चाचाजी !
धड़ाक क !

माकाबू पर काबू पाना आसान नहीं है।
साबू!
तुम्हारी और माकाबू की शक्तियां समान हैं साबू।
www.chachachaudhary.com

इससे निपटने के लिए फार्मूला नम्बर 431 और 242 अपनाना होगा।

जी चाचाजी। फार्मूला नम्बर 431 अपनाता हूं।

उसके संभलने से पहले उस तक पहुंचना।

उस पर वार करना।

उसे एक ऐसी बड़ी पहाड़ी के नीचे ले जाना।
जहां फार्मूला नम्बर 242 आसानी से प्रयोग हो सके।
ओह!
ओफ्फ!
माकाबू टूटी पहाड़ी के नीचे दब गया। फार्मूला नम्बर 242 सफल।
© PRAN'S FEATURES

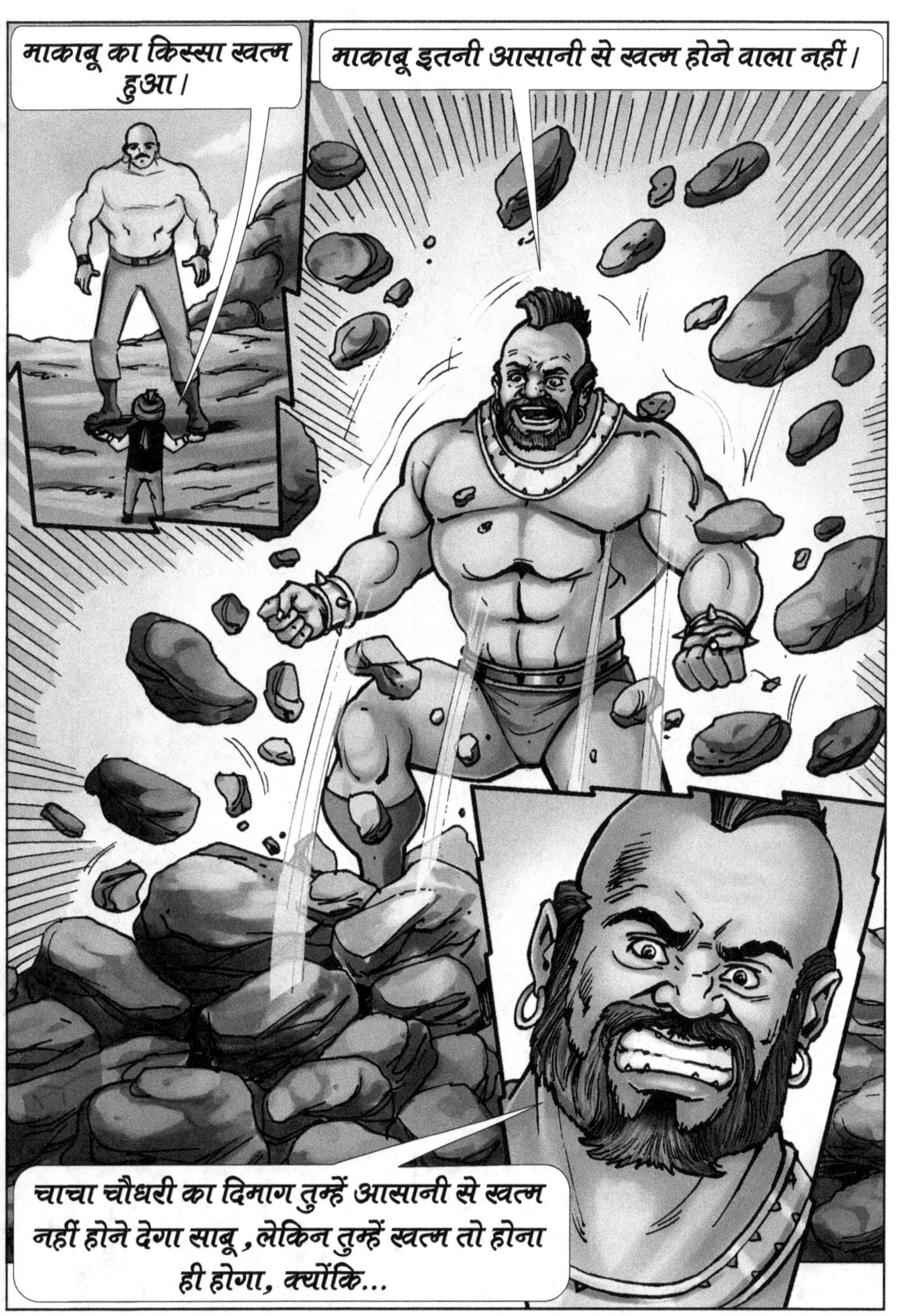

माकाबू का किस्सा खत्म हुआ।
माकाबू इतनी आसानी से खत्म होने वाला नहीं।
चाचा चौधरी का दिमाग तुम्हें आसानी से खत्म नहीं होने देगा साबू, लेकिन तुम्हें खत्म तो होना ही होगा, क्योंकि...

मैं पूरी तैयारी के साथ आया हूं।
मेरी ऐसी शक्ति।
जिससे घातक हथियार निकलते हैं।
क्या है यह ?
ओह!
ओह, इसकी छाती पर अजीब-सी बेल्ट प्रकट हो रही है।
धड़ाम !
© PRAN'S FEATURES

ओह !
भड़ाक !
साबू, संभलो।
कैसे संभलेगा ?
धाड़ !
मेरे हथियार संभलने कहां देंगे?
तुम भी बनो इनका निशाना।
धाड़ !
ओफ्फ !

माकाबू अपने जिस हथियार से हम पर भारी पड़ रहा है, उसकी सोचो साबू !
चाचाजी, बचिए।
मेरी चिंता छोड़ो साबू।
यह मेरे ज्यूपिटर से आने के बाद की तकनीक है चाचाजी।
उसकी पावर उसकी छाती पर मौजूद बेल्ट है। जबतक वह नहीं हटेगी, तब तक उससे नहीं निपटा जा सकता।
उसकी बेल्ट छाती से अलग कैसे की जाए ? समझ नहीं आ रहा।
भौं !!
मेरी समझ में नहीं आ रहा कि इससे कैसे निपटूं ? आप सोचें।

राकेट ! तुम क्या कर रहे हो ?
भौं !! भौं !!
जाओ, हमारे साथ तुम्हारी जान भी खतरे में पड़ जाएगी।
रुको राकेट ! हमारी समस्या का हल तुम निकाल सकते हो।
सुनो, तुम्हें क्या करना है ?
समझ गए। अब जाओ ! मगर ध्यान से।
* चाचा चौधरी का दिमाग कम्प्यूटर से तेज चलता है।

हमारे लिए यह अच्छा है।
जैसे ही राकेट का काम पूरा हुआ, वैसे ही।
राकेट माकाबू तक पहुंच गया, उसको पता ही नहीं चला। वह साबू को खत्म करने में लगा है।
राकेट ने उसे अपने दांतों से काट दिया।
ओह! मेरी बेल्ट!!
साबू, अब यह नहीं संभलना चाहिए।

नहीं संभलेगा चाचाजी।
मैं इसे नहीं संभलने दूंगा।
जा यहां से!
कहां गया होगा ?
आंहह ह ह !
गया तो अंतरिक्ष में है, मगर ज्यूपिटर पर नहीं।

वह वापस नहीं आएगा।
चल फटाफट राकेट, तेरी चाची का संदेश लेकर आया है।
चल जल्दी घर। नहीं तो मुझ पर बेलन अटैक हो जाएगा।

जल्द ही घर पर...
लो, खाओ।
दाल में कंकड़, भगवान ने तुम्हें दो आंखें दी हैं, कंकड़ नहीं देख सकतीं।

कड़ाच च !

उसी भगवान ने आपको बत्तीस दांत दिए हैं, छोटा-सा कंकड़ नहीं चबा सकते।
चाचीजी! मैंने आपको और चाचाजी को कभी एक साथ हंसते नहीं देखा।
जब मैं तुम्हारे चाचा पर बेलन फेंकती हूं और वह सही निशाने पर लगता है, तो मैं हंसती हूं।
जब निशाना चूक जाता है, तो तुम्हारे चाचा हंसते हैं।
हो! हो!!
साबू! खाना खाते वक्त बातें करना अच्छी बात नहीं।
हो-हो-हो! समझ गया। चाचाजी, समझ गया।
© PRAN'S FEATURES

जरा टी.वी. तो चला, न्यूज़ ही देख लें।
साबू, चल शायद हमारी किस्मत में आराम करना लिखा ही नहीं है।

फ्यूचर सिटी में एक खतरनाक शख्स का हंगामा।
ओह!   BREAKING NEWS
हा-हा-हा, जिब्रानो है मेरा नाम! हा-हा !!

इस शहर में आतंक का नया नाम, जिब्रानो! हा-हा-हा!
रुक जाओ।
चाचा चौधरी! फ्यूचर सिटी का रक्षक!
मुझे तुम्हारी ही तलाश थी।

जहां चाचा चौधरी होते हैं, वहां साबू भी होता है।
यह बात सभी जानते हैं।
जिब्रानो इस फ्यूचर सिटी को खत्म करेगा।
धड़ाक !
तुम्हें खत्म करके।

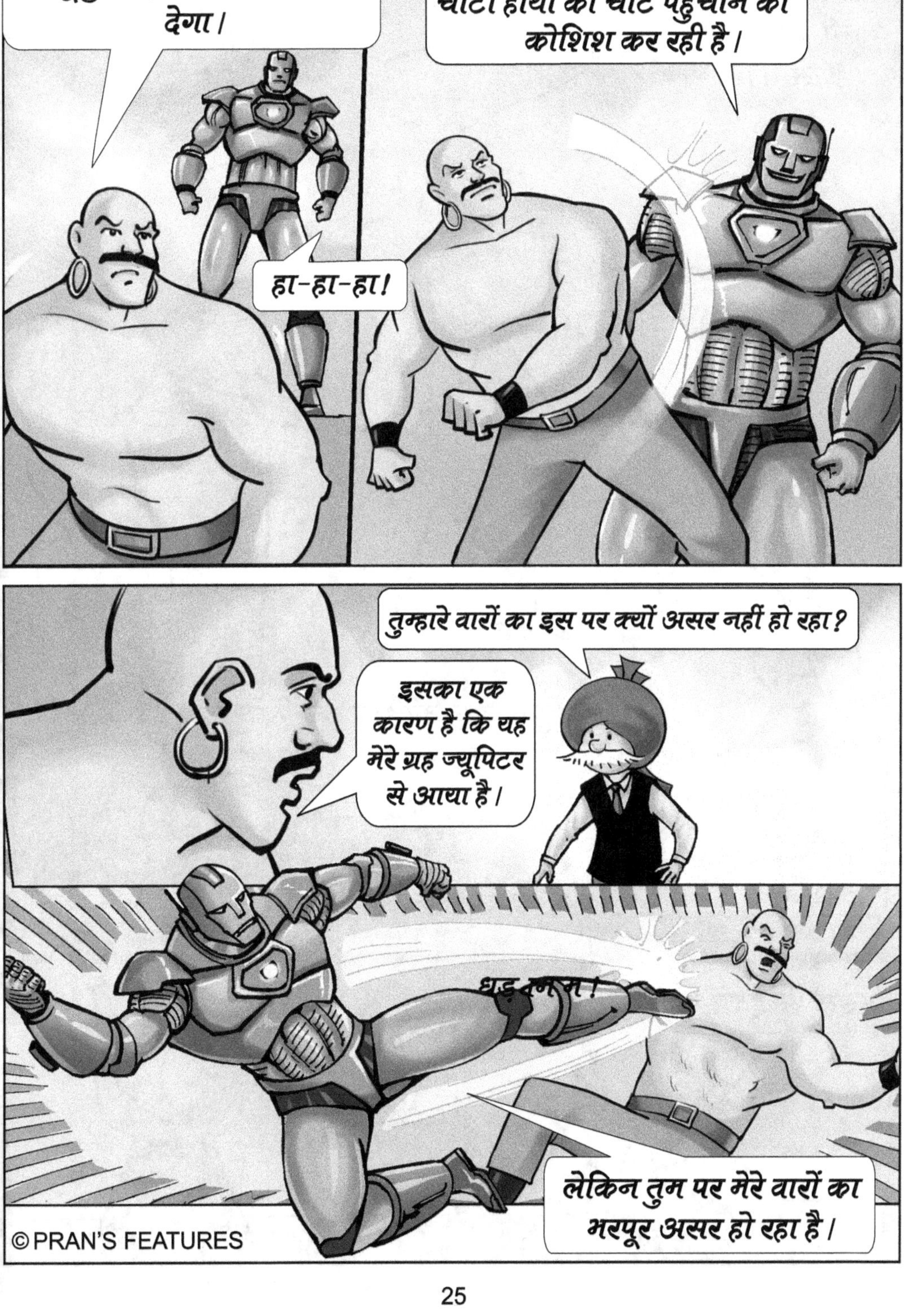

साबू तुम्हें ऐसा कभी नहीं करने देगा।
चींटी हाथी को चोट पहुंचाने की कोशिश कर रही है।
हा-हा-हा!
तुम्हारे वारों का इस पर क्यों असर नहीं हो रहा?
इसका एक कारण है कि यह मेरे ग्रह ज्यूपिटर से आया है।
धड़ड़ाम!
लेकिन तुम पर मेरे वारों का भरपूर असर हो रहा है।

यह असर तुम्हें जल्दी खत्म कर डालेगा।
धड़ाक !
मुझे साबू की हेल्प करनी होगी।
इसके पैर इतने मजबूत नहीं होंगे।
वूरूम !!

बड़ूम !!
इसलिए वार पैरों पर होना चाहिए।
ओह ! इसे तो कुछ नहीं हुआ।
बच्चों वाला खिलौना।
तुम मेरे लिए कीड़े के सिवा कुछ नहीं।
यह मेरे लिए खिलौना है।
धड़ाम !
जाओ, हवा की सैर करो।
www.chachachaudhary.com

27

तबतक मैं इस चूहे की खबर लेता हूं।
धड़ाक !
हा-हा-हा ! मेरे सूट में अनोखी पावर है जिससे मुकाबला होता है, यह उसकी ताकत मेरे शरीर में स्टोर करने लगता है। कुछ पलों में वह बिना ताकत का चूहा बन जाता है।
ऐसा चूहा जिसे मैं आसानी से...
...जैसे चाहूं...
...वैसे खत्म कर सकता हूं।

यह मेरा आखिरी वार, इससे तुम खत्म!
...तुम्हारी कहानी खत्म! हा-हा-हा!
हा-हा-हा! चाचा चौधरी खत्म! साबू खत्म!
आह ह!

अब मेरे हाथों खत्म होगी सारी फ्यूचर सिटी...
हा-हा-हा
क्या चाचा चौधरी सचमुच खत्म हो गए ?
क्या साबू जिब्रानो के हाथों सचमुच मारा गया ?
क्या फ्यूचर सिटी नाम का शहर सचमुच तबाह हो गया ?
जानिए रहस्यमयी, सनसनीखेज सवालों के जवाब रोमांचकारी सीरीज के आगामी अंक- हाइटैक चाचा चौधरी में .

चाचा चौधरी
और
कॉमिक डॉन
टिन न
न !

चाचाजी ! आपकी आज्ञा चाहिए।

फायनेंसर साहब ! मैं इज़ाज़त देता हूं।
आप फिल्म शुरू करें।

!!
मेरी रकम मेरे एकाउंट में ट्रांसफर कर दें।
© PRAN'S FEATURES

किसका फोन था ?

एक फिल्म फायनेंसर मेरे जीवन पर दो सौ करोड़ की फिल्म बनाना चाहता है।

दो सौ करोड़ ?

बीनी! आंखें बंद करके, भगवान का शुक्रिया अदा कर रही हो?

मैं सोच रही हूं, दो सौ करोड़ में कितने किलो सोने की ज्वैलरी बनवाऊंगी।
हा! हा!! औरतों का सोने से लगाव जग जाहिर है।

दो सौ करोड़ ?

यह खबर कॉमिक डॉन के काम की है।

दिन में सपने मत लो। हकीकत में लौट आओ। दो सौ करोड़ पूरी फिल्म का बजट है।

मुझे कुछ प्रतिशत रुपए मिलेंगे।

और मैं अपनी सारी रकम अनाथालय को दान कर दूंगा।

डॉन का अड्डा।
वाह! इस कॉमिक की स्टोरी मजेदार है।
कॉमिक डॉन! चौधरी के पास दो सौ करोड़ रुपया आया है।

वह रकम अब मेरी है।

चलो! अपना रुपया ले आएं।

जरूरतमंद बच्चों की दुआओं से हमारा खज़ाना भरा होगा।
आपका यह फैसला सही है।

तुम फिल्म में हीरो का रोल करोगे ?

नहीं ! मुम्बई के कलाकार मेरी जीवनी के किरदारों जैसे मैं, तुम और साबू की एक्टिंग करेंगे।

साबू जैसा विशाल एक्टर कहां मिलेगा ?

फिल्मों में स्पेशल इफैक्ट से सब कुछ हो जाता है।
अच्छा ?

फिर तुम डायरेक्टर को कह देना कि फिल्म में तुम्हारा किरदार गंजे सिर की बजाए रेशमी घुंघराले बालों वाला हो, जिसकी काली मूंछें और कद छह फुट का हो ।...
उसके सिक्स पैक हों और...

अ-र-र-र! रुको भाग्यवान।

वह चाचा चौधरी पर फिल्म बनाना चाहते हैं।

....तुम्हारे ड्रीम ब्याॅय पर नहीं।

हीरा स्मार्ट होगा, तभी दर्शक मुवी देखने जाएंगे।
लोगों को चाचा चौधरी की शक्ल से ज्यादा अक्ल पसंद है।

तुम्हारी फिल्म में मेरे रोल के लिए एक्ट्रेस ढूंढने में डायरेक्टर को दिक्कत आएगी। मेरे जैसी सुन्दर औरत दूसरी कहां ?

हां, यकीनन उन्हें मुश्किल तो होगी।

एक्ट्रेस टुनटुन जी तो अब इस दुनिया में हैं नहीं।

तुम्हें मेरी कद्र नहीं है।
बीनी! ऐसा नहीं है।

तुम्हारे साथ हंसी-ठिठोली में अलग ही मजा है।

चौधरी! मैं कॉमिक डॉन! दो सौ करोड़ लेने आया हूं।
?!!

गांव बसा नहीं, भिखारी पहले आ गए।

तुम्हारा नाम कॉमिक डॉन दिलचस्प है। किसने रखा था ?

मेरे बापू ने। मैं बचपन से बहुत कॉमिक पढ़ता था और मेरी हरकतें शैतानी थी।

इसलिए बापू ने मेरा नाम राजू से बदलकर कॉमिक डॉन कर दिया था।

तुम्हारे नामकरण का किस्सा रोचक था।

चौधरी! मैं कॉमिक डॉन! तुमसे दो सौ करोड लेने आया हूँ।
कॉमिक में हीरो और विलेन भी तो होते हैं। विलेन का चरित्र दमदार होता है, इसलिए मैं डॉन बना।
© PRAN'S FEATURES

यह लाल पगड़ी हमें बातों में बहका रहा है।

चौधरी ! तुम स्टोरी को लम्बी और बोरिंग कर रहे हो। कट टू शॉर्ट में बताओ, तुम्हारी तिजोरी कहां है ?

सामने जो पेंटिंग के साथ बटन है, उसे दबाओ तो तस्वीर खिसक जाएगी। सैफ खुल जाएगा।

वाह! कॉमिक्स बुक जैसा सस्पेंस।

पेंटिंग तो खिसक नहीं रही ?

थोड़ी देर बटन दबाए रखो, तिजोरी खुल जाएगी ।

सैफ तो खुल ही नहीं रहा ।

जाम हो गई है । ग्रीसिंग करनी होगी ।

डॉन, चाचा तुम्हें पपलू बना रहा है । इसका रुपया तो बैंक में होगा ।
वाह ! कैप्शन, सही दिमाग लगाया ।

चौधरी ! चलो, बैंक ए.टी.एम. से दो सौ करोड़ लेने चलें।

दो सौ करोड़ में कितने ज़ीरो लगते हैं, पता भी है ?

एक...दो...तीन...?
हिसाब नहीं आता तो रुपए गिनोगे कैसे ?

हम रुपए गिनकर नहीं, बोरी में भरकर ले आएंगे।

बैलून ! तुम चाचा चौधरी की बीवी को होस्टेज़ रखो, जब तक हम लौट नहीं आते।
अब यह मेरी कैद में है।

आओ, चौधरी ! डॉयलॉग बंद, एक्शन शुरू।

यह क्या माजरा है ?

कॉमिक डॉन ! सरकारी गाड़ी तुम्हें लेने आई है ।
वेलकम, इंस्पेक्टर मोज़ा !

पुलिस को खबर किसने दी ?

तुमने ।
मैंने ?

याद करो...

तुम पेंटिंग के साथ लगा बटन दबाने गए। वह बटन खतरे का अलार्म था।

जिसका सिगनल इंस्पेक्टर मोज़ा की घड़ी में बीप करता था।

पुलिस स्टेशन।
CRIMES
चाचा चौधरी के घर से खतरे का सिगनल। वहां जल्दी पहुंचना होगा।

इंस्पेक्टर मोज़ा के आने तक मैंने तुम्हें बातों में उलझाए रखा।
* चाचा चौधरी का दिमाग कम्प्यूटर से तेज चलता है।

बाहर खड़ा साबू तुम्हारी चटनी बना देगा। जाकर सरेंडर कर दो।

मुझे मंजूर है।
हा! हा!!

रुक, खटमल!
मुझे शरण में लो।
जल्दी, डॉन के खबरी।

जेल की लाइब्रेरी में तुम्हें बहुत कॉमिक मिलेंगी।

कॉमिक के अंत में हर डॉन को मुंह की खानी पड़ती है।

Word Puzzle

ANEMONE
COD
CORAL REEF
CRAB
DOLPHIN
FISH
FLYING FISH
HALIBUT
HERRING
JELLYFISH
LOBSTER
MORAY EEL
MUSSEL
OCEAN
OCTOPUS

OYSTER
PLANKTON
SALMON
SCUBA DIVING
SEABED
SEAHORSE
SEAWEED
SHARK
SHELL
SQUID
STARFISH
STINGRAY
TURTLE
URCHIN
WHALE

Complete this puzzle and send us back to win a surprise prize - write down the following details in block letter: Complete Name, Telephone Number with STD code (Mobile Number), Age, Place of Birth, Date of Birth, Gender, Email ID and Complete Postal Address with Pincode.

Discover Talent @ Diamond Toons
X-30, Okhla Industrial Area, Phase-II, New Delhi-110020
Ph.: 011-40712100, 40712200, E-mail: sales@dpb.in

Draw a line from dot number 1 to dot number 2, then from dot number 2 to dot number 3, 3 to 4, and so on. Continue to join the dots until you have connected all the numbered dots. Then color the picture!

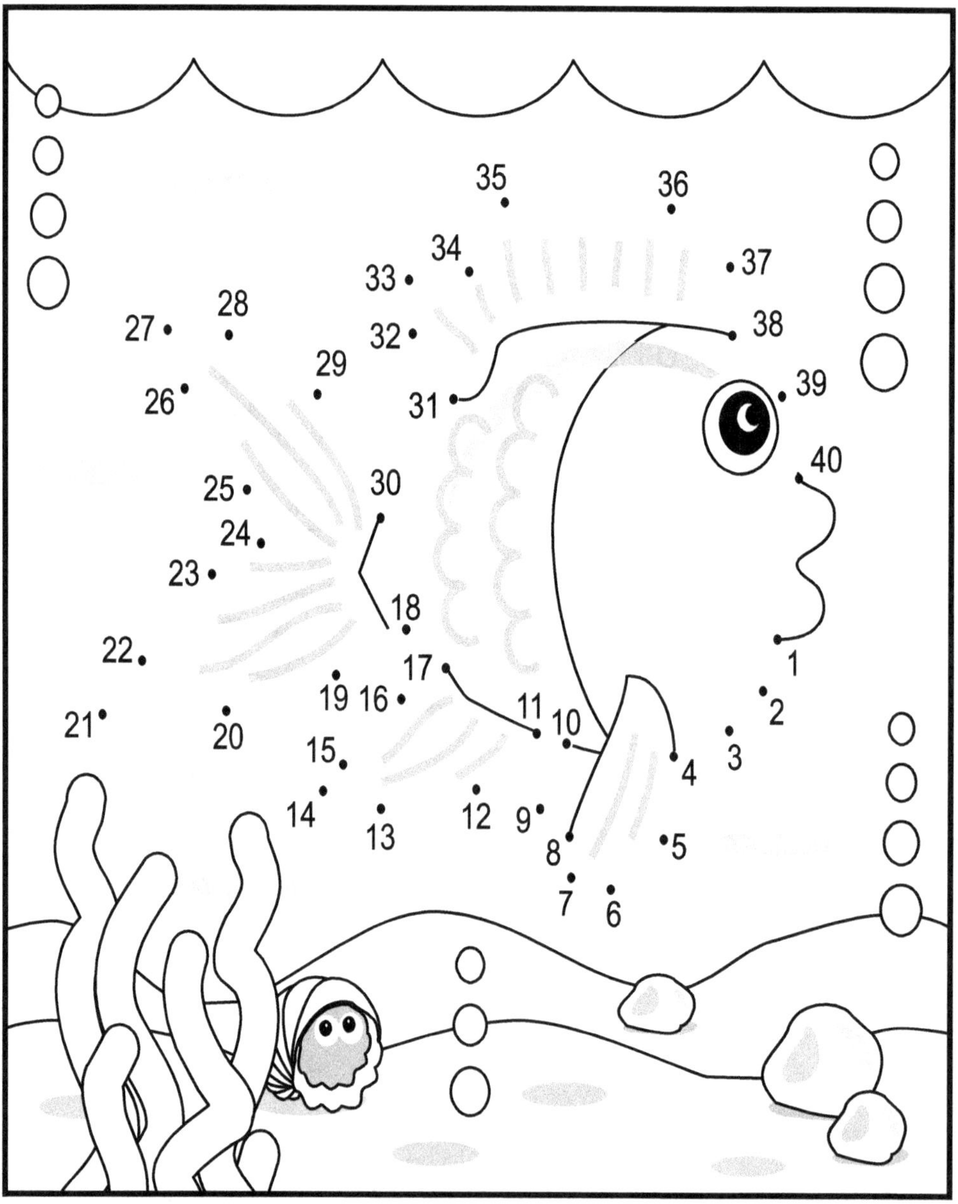

Join the dot and send us back to win a surprise prize - write down the following details in block letter: Complete Name, Telephone Number with STD code (Mobile Number), Age, Place of Birth, Date of Birth, Gender, Email ID and Complete Postal Address with Pincode.

Discover Talent @ Diamond Toons
X-30, Okhla Industrial Area, Phase-II, New Delhi-110020
Ph.: 011-40712100, 40712200, E-mail: sales@dpb.in

Enter the door 1. Get out of the maze through the door 2. Closed doors are locked. Good luck to you !

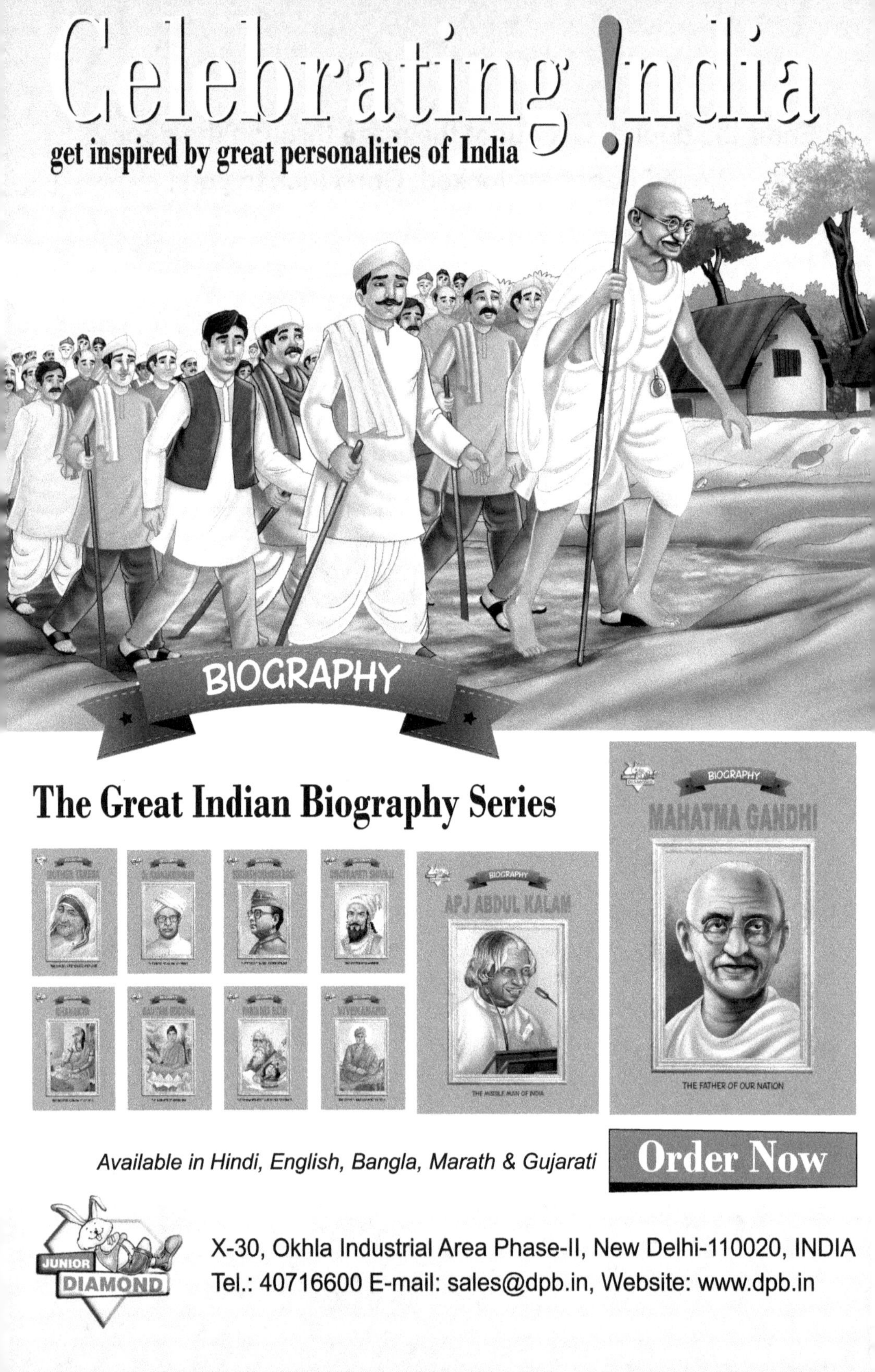

Celebrating !ndia

get inspired by great personalities of India

BIOGRAPHY

The Great Indian Biography Series

Available in Hindi, English, Bangla, Marath & Gujarati

X-30, Okhla Industrial Area Phase-II, New Delhi-110020, INDIA
Tel.: 40716600 E-mail: sales@dpb.in, Website: www.dpb.in